सिनेमा

लघु कहानिया

उमैर एहरार

pencil

ISBN 978-93-5667-707-4

Published in India 2023 by Pencil

A brand of
One Point Six Technologies Pvt. Ltd.
Unit no. 26, Ground Floor, Building A1,
Wadala Truck Terminal Road,
Near Post Office, Antop Hill, Mumbai - 400037
E connect@thepencilapp.com
W www.thepencilapp.com

Author biography

मेरा जन्म लखनऊ शहर में हुआ | शुरुवाती शिक्षा - दीक्षा भी लखनऊ से ही हुई | लखनऊ जितना सांस्कृतिक रूप से मुझे आकर्षित करता तो वही ऐतहासिक रूप से अचम्भित भी । शुरू से ही मेरा रुझान पढ़ाई में बहुत रहा है। इसी के चलते मैंने लिखना शुरु किया , मेरे द्वारा लिखीं कहानियां लोगो को पसंद आने लगी। साहित्य की तरफ लगाव मेरा बढ़ता चला गया , साहित्यकारों की अगर बात करू तो मुझे मुंशी प्रेमचन्द, जय शंकर प्रसाद, महादेवी वर्मा जैसे साहित्यकारो ने मुझे खासा प्रेरित किया । जब मैं दिल्ली गया अपनी आगे की पढ़ाई करने के लिए तो यहाँ, मेरा परिचय रूंगमूंच से हुआ जिसने मुझे और मेरी लेखनी को एक नयी दिशा दी। इसके बाद जब मेरा आगमन प, पांडिचेरी में हुआ तो यहाँ मैं विभिन्न तरह के खान-पान और बोल- चाल से रूबरू हुवा । इस अलग किस्म संस्कृति ने मेरी लेखनी को और बल दिया । मैंने नाटक लिखने शुरू किये जिसमे मेरे द्वारा लिखा गया , नाटक " कानपूर का कालिया " और शब्द की सुराही" (जो की

कविताओं का संग्रह है), लिली इन वार (अंग्रेजी लघु कथाये) जैसे लेख बाजार में प्रकाशित हुए उम्मीद करता हूँ की सिनेमा आपको पसंद आये और मैं इस तरह के और भी साहित्य आपके समक्ष लाता रहु।

CONTENTS

प्रस्तावना

मेरा जन्म लखनऊ शहर में हुआ | शुरुवाती शिक्षा - दीक्षा भी लखनऊ से ही हुई | लखनऊ जितना सांस्कृतिक रूप से मुझे आकर्षित करता तो वही ऐतहासिक रूप से अचम्भित भी । शुरू से ही मेरा रुझान पढ़ाई में बहुत रहा है। इसी के चलते मैंने लिखना शुरु किया , मेरे द्वारा लिखीं कहानियां लोगो को पसंद आने लगी। साहित्य की तरफ लगाव मेरा बढ़ता चला गया , साहित्यकारों की अगर बात करू तो मुझेे मुंशी प्रेमचन्द, जय शंकर प्रसाद, महादेवी वर्मा जैसे सालहत्यकारों ने मुझे खासा प्रेरित किया । जब मैं दिल्ली गया अपनी आगे की पढ़ाई करने के लिए तो यहाँ मेरा परिचय रूगमंच से हुआ जिसने मुझे और मेरी लेखनी को एक नयी दिशा दी। इसके बाद जब मेरा आगमन पाँडिचेरी में हुआ तो यहाँ मैं विभिन्न तरह के खान-पान और बोल- चाल से रूबरू हुवा । इस अलग किस्म संस्कृति ने मेरी लेखनी को और बल दिया । मैंने नाटक लिखने शुरु किये जिसमे मेरे द्वारा लिखा गया , नाटक " कानपूर का कालिया " और शब्द की सुराही" (जो की

कविताओं का संग्रह है), लिली इन वार (अंग्रेजी लघु कथाये) जैसे लेख बाजार में प्रकाशित हुए उम्मीद करता हूँ की सिनेमा आपको पसंद आये और मैं इस तरह के और भी साहित्य आपके समक्ष लाता रहु। इस किताब में लिखी गई कहानिया है तो काल्पनिक पर वो कही न कही सत्य से प्रेरित है।जहाॅ मोबाइल आपको आपके किशोरवस्था में ले जाता है तो वही मास्टर साहब और मात्र १०० रुपये आपको समाज की गदूंगी से रूबरू कराता है। इसके अलावा आरिफ आरती , कैंटीन आपको प्रेम का आभास कराता है तो वही एक आवाज़ और दीपक अब भी जल रहा है जीवन में कुछ करने के लिए प्रेरणा देता है।मेरे द्वारा लिखी गई ये कहानियां आपके जीवन को नई अनुभूति कराएगी । ये कहानिया न सिर्फ समाज की बात करती है बल्कि एक ऐसे समाज पर सवाल भी खडा करती है जो मौन है । इसमें लिखी गए शब्द हर बार आपको रोमांच का अनुभव कराएँगे । ये कहानिया काल्पनिक है पर इन्हे जिस परिवेश में गड़ा गया है वो यथार्त की बात करती है । धन्यवाद

अनुक्रमांक

12. **दीपक अब भी जल रहा है**

13. **२००० रुपये**

14. **. राधा**

वो आदमी

साइकल तेज़ी से घूम रही थी साइकल के पीछे बैठा मुसाफिर गाना गुनगुना रहा था। चलाने वाला पसीने में लबरेज़ था। साइकल चलते वक़्त वो आस पास के लोगो को नमस्कार करता और आगे बढ़ता जा रहा था। उसकी साइकल की रफ़्तार से बड़ी मोटरकार वाले भी घबराते थे। बिरजू अपने गांव वालो में बहोत बड़ा नाम था। बिरजू तब आठ बरस का रहा होगा जब उसके माँ बाप चल बसे। उसके दूर के एक चाचा
chacha ने उसे पला तो जरूर मगर उसके बदले उन्होंने उसकी साड़ी खेती की ज़मीन अपने नाम कर ली। बिरजू जब बड़ा हुवा तो उसे समझ

आया की उसके पास कुछ भी नहीं है। जीवन यापन करने के लिए वो शहर गया पर वहा भी उसके हाथ कुछ न लगा। सारा दिन म्हणत मशकत करने के बाद उसे २०० रुपया मिलता था। कभी खाना खाता तो कभी यूँही भूखा सो जाता। बिरजू के ज्यादा बड़े सपने नहीं थे वो बस इतने पैसे जोड़ लेना चाहता था की अपने गांव में कुछ ज़मीने खरीद सके और उसमे खेती करने लगे। साथ ही जो उसका पुराना घर उसकी मरम्मत भी करवा ले। क्यूंकि अगर वो वैसा नहीं करेगा तो घर की साड़ी दीवारे गिर जाएँगी और फिर उसको पूरा घर फिर से बनवाना पड़ेगा। बिरजू के लिए शहर में ज्यादा पैसे न कमा पाना बहोत दुखदाई था। एक रात जब बिरजू सड़क के किनारे सो रहा था तो उसे एक आवाज़ आयी पहले उसे लगा की शायद वो सपना देख रहा है लेकिन जब आवाज़ दोबारा आयी तो उसने आँखें खोला , आँखें खोलते ही वो देखता है की सामने उसके काला सा लम्बा सा आदमी खड़ा है। जिसके हाथ में एक बैग है। बिरजू उसको घर ही रहा था की ," अबे ये बैग स्मभाल कर रख , मैं तुझसे ही लूंगा , " इतना कहकर वो आदमी रफू चक्कर हो गया। बिरजू कुछ समझता उससे पहले ही सब कुछ उसकी आँखों से ओझल हो गया। बिरजू ने उस बैग को लिया और अपनी संदूक में डाल दिया। वक़्त बीत गया पर बिरजू की हालत वैसे की वैसे की वैसे ही थी। कुछ बदला था उसके लिए तो सिर्फ इतना की अब वो ५०० रुपया महीना कमाने लगा था।

सारा दिन मेहनत करता और रात में खर्राटे मार के सोता। एक रात वो सो रहा था तभी उसे किसी ने आवाज दी। " पहचाना , बरखुरदार या भूल गए ?" , बिरजू तुरंत उठ खड़ा हुवा। " आप है कौन ,?" वो सब मत जानो बस मुझे मेरी अमानत दे दो " , " जी बिलकुल " उसने संदूक खोली और बैग को उस आदमी के हाथ में रख दिया। आदमी देख कर हैरान रह गया। बैग बिलकुल वैसा का वैसा ही था। " तुम्हे पता है इस बैग में क्या है ?" , नहीं साहब , आपकी अमानत हम कैसे देख सकते थे "। ये सुनकर उस आदमी के चेहरे पर एक मुस्कान आयी और " इस बैग में इतने पैसे है की तुम्हे सड़क पर सोना नहीं पड़ेगा , सारा दुःख परेशानी सब कुछ एक बार में खतम हो सकती है , तुम चाहते तो लेके भाग भी सकते थे ? , साहब आपसे तो भाग जाते पर भगवन से कैसे भागते। उस आदमी ने बैग खोला और पचास हज़ार रुपये निकल कर बिरजू के हाथ में रख दिया। बिरजू ने मना किया पर वो आदमी नहीं मना उसने कहा ," ये पैसे मैं तुम्हे तुम्हरी ईमानदारी और तुमने जिस हिफाज़त से मेरा बैग संभाल कर रखा उसके लिए दे रहा हूँ " इतना कहकर उसने बिरजू की पीठ थपथाई और गाड़ी में बैठकर चला गया। बिरजू के तो मानो होश ही उड़ गए उसे यकीन नहीं हुवा की उसने एक ही रात में इतने पैसे कमा लिए। बिरजू ने उन पैसो को अगली सुबह अपने गांव वाले खाते में भेजवा दिया। बिरजू बहोत खुश था उसे लगने लगा

की अब वो बाकी जीवन हसी ख़ुशी से कटेगा क्यूंकि अब उसके पास पैसे आ गए है। वो इन पैसो से अपना घर बनवाएगा और ज़मीन खरीद के खेती करेगा। सब कुछ ठीक रहा तो बहोत जल्द शादी भी कर लेगा पर भगवन की मर्ज़ी के आगे कहा इंसान की मर्ज़ी चलती है। उसी शम्म पुलिस आयी और बिरजू को उठाकर ले गयी। उसने बिरजू से पूछा ," उस आदमी ने तुम्हे जो बैग दिया था वो कहा है ?" बिरजू डरा सहमा ," साहब मैं सच कहता हूँ वो अपना बैग ले गया अब कोई बैग नहीं है मेरे पास। " तो जब उसने तुम्हे बैग दिया तो तुमने पुलिस को खबर क्यों नहीं दी ?" " साहेब हमको पता नहीं था की वो चोर उचका है नाही तो हम आपको जरूर खबर करते , साहेब हमको छोड़ दो हमको अपने घर जाना है ", छोड़ देंगे तुम्हे जरूर छोड़ देंगे , पहले थोड़ा जेल की हवा तो खा लो " इतना कहकर उसने हवलदार को ईशारा किया और और हवलदार उसे घसीटते हुए सालखो के पीछे ले गया। वक़्त बिता अदालत ने बिरजू को ६ महीने बमुशक़्क़त की सजा सुनाई बिरजू विनती करता रहा पर उसकी एक न सुनी गयी। बिरजू जेल में रोता और सारे कैदी उसके रोने पे हस्ते वो अपने भाग्य को कोस रहा था। धीरे - धीरे वक़्त बिता और बिरजू को जेल से रिहाई मिल गयी। जेल से छूटने के बाद बिरजू को जेल में काम करने के ३५० रुपये दिए गए। बिरजू ने उन पैसो को लिया और अपने गाँव की ओर रवाना हो गया। गांव पहुंचकर उसने नयी ज़िन्दगी शुरू की उसे

बैंक में पड़े हुए उसके पैसे याद आये उसने उन्हें छुड़ाया और अपना घर पूरा बनवाया कुछ खेती के लिए ज़मीने भी खरीदी। और बाजार में एक दूकान भी खरीद ली। उसको किसी ने बटाया की फिल्म लाइन वाले बहोत ज्यादा आते है गांव में और गांव की गली गली घूमते है पर कोई साधान न होने से उन्हें बहोत परेशानी होती है। बिरजू ने एक साइकिल खरीद ली और फिल्म लाइन वालो को उसपे बैठा के अपना गांव दिखता और उसी से पैसे कमाता। कुछ वक़्त के बाद उसकी शादी हो गयी , शादी होने के बाद मानो उसकी किस्मत ही बदल गयी हो। वो दिन दुनि रात चौगनी तरक्की करने लगा। एक दिन वो घर के आगाँ में बैठा कुछ सोच रहा था तभी उसे उस आदमी का चेहरा याद आया जिसने उसे वो बैग दिया था और वो सोचने लगा की वो आदमी न होता तो शायद आज भी वो शहर के किसी सड़क पर सो रहा होता।

एक आवाज़

हर रोज़ की तरह मैं अपने घर से स्कूल के लिए निकला, हमारा स्कूल गांव से कुछ दूर एक दूसरे गांव में था। जहा पहुंचने के लिए हमें हर रोज़ कबिस्तान पार करना पड़ता था। मैं और मेरा दोस्त हर रोज़ कबिस्तान से आवाजाही करते थे। मेरे पिता जी जो की पेशे से किसान थे। गांव के

बेहद इज़्ज़तदार और शरीफ लोगो में गिने जाते थे। माँ बताती है की मैं तब बहुत छोटा था, जब पिताजी चल बसे। उन्हें गले का कैंसर हो गया था, जिससे उनकी तबियत खराब रहने लगी थी। कभी-कभी

मुंह से खून भी आता था। डॉक्टर कहते थे की ठीक हो जायेगा पर ऐसा कुछ हुआ नही।जैसे - जैसे वक़्त वक़्त उनकी बीमारी बढ़ी और बितते वक़्त ने बढ़ती बीमारी ने उन्हें हमसे दूर कर दिया ।पिताजी की मौत के बाद हर घर की तरह हमारे घर में भी ज़मीन-जायदाद को लेकर तरह - तरह की ज़ोर आज़माइश होने लगी। क्यूंकि पिताजी घर में बड़े थे । इसलिए उनका मान था और कोई भी फैसला बिना उनकी मजूरी के पूरा नहीं होता था। परन्तु जब पिताजी नहीं रहे तो घर के बाकी लोगो ने विरोध करना शुरू कर दिया और अपने -अपने हिस्से की ज़मीन और घर लेकर अलग हो गए। पिताजी ने जीवन बिमा करवा रखा था जिसके पैसे हमें फ़ौरन मिल गए। माॉ ने उन पैसो को जरुरत के हिसाब से इस्तेमाल किया और हमारी पढाई में लगाया।खैर वक़्त बिता और मैं गांव के पास वाले स्कूल में आने जाने लगा। मैं उस वक़्त दसवीं में था, एक रोज़ जब मैं शाम के वक़्त कबिस्तान से गुजरा तो अचानक मेरा पैर कबिस्तान की गीली मिटटी में फिसल गया। मैं अभी उठने की कोशिश में था की अचानक एक आवाज़ आयी , " तुम ठीक तो हो ?"। ये अपने आप में हैरान करने वाली आवाज़

थी, क्यूंकि ये आवाज़ मैंने अपूने बचपन में सुनी थी। पर आज इतने सालो बाद

अचानक ये आवाज़ कहा से आयी ? मैं रस्ते भर सोचता आया और कपड़े बदलने के बाद खाना खाया और कमरे में जाकर पढ़ने लगा।मेरे इम्तिहान करीब थे इसलये मैंने इन बातो पर ज्यादा ध्यान नहीं दिया और मन लगा कर पढ़ने लगा। कुछ महीनो बाद परीक्षा के परिणाम आये मैंने अपनी परीक्षा अच्छे नूंबरो से उत्तीर्णः कर ली थी। बारहवीं की पढाई मैंने शहर से की छुट्टियों में घर आता।हमारे आम के बाग़ कबिस्तान से लगे हुए थे। मैं जब भी गर्मियों में आता तो आम तुड़वाने की और उन्हें ठेकेदारों को बेचने की जिम्मेदारी दी जाती। मुझे इस काम में बहुत मज़ा आता था। मैं बारहवीं की परीक्षा देकर आया हुआ था। माँ ने आम तुड़वाने की बात करी मैंने फ़ौरन मोर्चा संभाल लिया ।गांव के कुछ गरीब लोगो को बुलवाया जो अक्सर हमारे खेतो में कटाई - बुवाई का काम करते थे। वो आम के पेड़ो पे चढ़े और आम तोड़ने लगे।मुझे न जाने क्या सूझी मैं भी आम के पेड़ पर चढ़ने लगा और मेरा पैर फिसला मैं पेड़ की टहनी से निचे आ गिरा । लोग मुझे जब तक आकर उठाते मेरे कान में आवाज़ फिर गूंजी , " तुम ठीक तो हो?"। यह वही आवाज़ थी जिसे मैंने कुछ वर्ष पहले सुना था। पर यह कौन हो सकती है ? कहा से आ रही है ये आवाज़ ? तरह - तरह के सवाल मन

में आते और आकर चले जाते। पर मैंने ज्यादा नहीं सोचा उठकर वापिस काम में व्यस्त हो गया।बारहवीं की परीक्षा पास की और बी ए में दाखिला लेने का फैसला किया । बी ए के बाद मैंने एल एल बी में दाखिला लिया , कई वर्ष बीत चुके थे और अब मैं शहर के जाने माने वकीलों में गिना जाने लगा था ।बड़ी गाड़ी अच्छा घर हर चीज़ आ चुकी थी। प्यार करने वाली बीवी और चंचल सा एक बच्चा भी ईश्वर की कृपा से मेरे पास था। माँ भी अब मेरे साथ शहर में रहने लगी थी। गांव की ज़मीन और बागान मैंने एक भरोसेमंद आदमी को अधिया पर दे दिया था।कई वषो बाद मन में आया की गांव जाया - जाये और शहर की इस भीड़ - भाड़ से कुछ वक़्त के सलए अपने को दूर रखा जाये। मैं अपनी पत्नी , माँ, बच्चो के साथ गांव के स्वच्छ वातावरण में वापिस आ गया। वो जगह जहाँ मैंने अपना बचपन बिताया , खेला - कुद्दा जहाँ मै बड़ा हुआ। एक बेहद ही सुकून भरा एहसास होता। कभी - कभी मन में आता की सब छोड़ कर गांव मेंवापिस आ जाऊ । पर फिर मन को मारना पड़ता की नहीं इतनी मेहनत का बनाया हुआ सब कुछ कैसे छोड़ दूँ ?।इन सारी कश्मकश के बीच ज़ेहन में फ़ौरन पुराने स्कूल का दौरा करने का ख्याल आया मैं ज़रा भी देर किये बिना फ़ौरन निकल पड़ा स्क ल की तरफ। रस्ते में कई लोगो को अभिवादन करता और हर किसी का अभिवादन स्वीकार करते हुए मैंने कबिस्तान पार की और

अपने स्क ल पहुँच गया। हलाकि अब वो काफी बदल चूका था , टाट की जगह बेंचो ने ले ली और बरगद के वृक्ष की जगह कमरों ने। एक अजीबकिस्म का सुकून महसूस हुआ पूरा दिन वही गुजर गया पता भी नही चला। शाम हुई तो ख्याल आया की घर भी वापिस जाना है। सबको अलविदा कहकर मैं घर की ओर बढ़ रहा था, रास्ते में फिर वही कबिस्तान से गुजर हुआ, अँधेरा हो चला था मैं ढंग से कुछ देख नही पाया और मेरा पैर कबिस्तान की मिटटी में फिसल गया। जब तक मै उठता इतने में मेरे कानो में आवाज़ आयी ," तुम ठीक तो हो? " मैं अवाक सा खड़ा रह गया। कुछ वक़्त के बाद जब सम्भला तो घर की ओर रवाना हुवा। पुरे रास्ते यही सोचता रहा की आखिर यह आवाज़ थी किसकी

मोबाइल

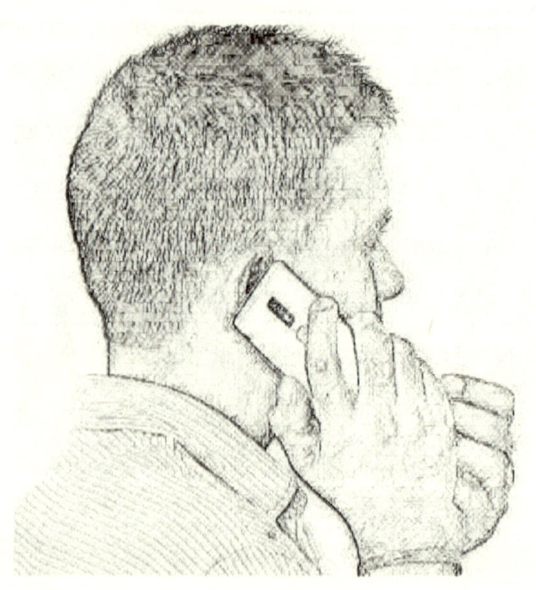

मैं तब सत्रह साल का था। पढ़ाई-लिखाई में काफी अच्छा था। क्लास में हमेशा फर्स्ट आता था। शुरुवात से ही मेरी दिलचस्पी न जाने क्यों साइंस में थी। बारहवीं क्लास का समय था, क्लास का हर बच्चा परीक्षा की तैयारी में लगा हुआ

था। क्यूंकि हमारे बाबू जी और टीचर ने ये भविष्यवाणी पहले

ही कर रखी थी की ," अगर अच्छे नंबर नहीं आये तो किसी भी कॉलेज में दाखिला लगभग नामुमकिन सा हो जाता है।

पढाई का बोझ ऊपर से घर वालो का दबाओ और पिताजी का हर परीक्षा में रिश्वत देने का प्रलोभन, कभी घडी, तो कभी जूते और कभी नए कपड़े। इस बार भी बाबू जी ने लोभ का नया पासा फेंका," इस बार तुम्हारे पास होने का इनाम मोबाइल होगा "।

मैंने भी सोच लिया की दिल लगा कर पढ़ना है और मोबाइल फ़ोन लेना ही है। पर इन सब उलझनों के बीच एक और उलझन सर खाये जा रही थी और वो थी की कैसे किसी अच्छे से इंजीनियरिंग कॉलेज में दाखिला लिया जाये। इस मोर्चे में सफल होने की तैयारी भी हमने शुरू कर दी। परीक्षा हुई हमने मेहनत भी खूब की और फलस्वरूप परिणाम भी हमें मिला। हमने परीक्षा अच्छे नंबरो से पास कर ली।

प्रतिस्पर्धा का परिणाम भी आ चूका था। हम अच्छी रैंक से पास हो गए थे और शहर के जाने- माने कॉलेज में हमारा दाखिला भी हो गया था। जैसी की बाबूजी ने हमसे वादा किया था, उन्होंने पूरा किया हमें एक नया फ़ोन देकर। टच स्क्रीन था बड़ी ख़ुशी होती थी चलाने में, हो भी क्यों न ? आखिर इतनी लम्बी जंग जीतने के बाद हमें मिला था। मेहनत से कमाई गई चीज़ो की बात ही निराली होती है। हम इंजीनियरिंग के फस्ट ईयर के फस्ट सेमेस्टर में थे। हमें कॉलेज आये अभी दो ही

महीने हुए थे। एक दिन हम कॉलेज से लौटे तो अचानक हमारे मोबाइल में एक अननोन नंबर से कॉल आया। यह पहली बार था जब किसी अनजान नंबर ने हमारे फ़ोन का स्पर्श किया था। क्यूंकि मैंने अपना नंबर सिर्फ जान पहचान वालो को दे रखा था। कुछ सेकंड विचार करने के बाद मैंने फ़ोन उठाया तो सकपका गया क्यूंकि उधर से जो आवाज़ आयी उसने अंदर से जैसे हिला कर रख दिया।

एक लड़की की आवाज़ जो बड़ी मासूमियत से ,

" हेलो , कौन ?"

" जी , फ़ोन आपने किया , आप बताये कौन ?"

" जी, आप बताइये न की आप कौन बोल रहे है ?"

"ओफ्फ। रहने दो "

इतना कहकर उसने फ़ोन काट दिया। मेरे अंदर एक अजीब सी उलझन और बेचैनी पनपने लगी और न जाने कितने सवाल, आखिर कौन हो सकता है? नाम भी तो नहीं बताया ?

कई बार तो खुद पे गुस्सा आया मन किया की खुद को दो चार चमाट लगाऊ क्यूंकि अगर मैंने उसे अपना नाम बताया होता तो शायद वो आगे बात करती परन्तु ये भी तो हो सकता था की वो फ़ोन काट देती ? दिमाग में बहुत कुछ चल रहा था और इन चल रही बातो में सामंजस्य बैठना मेरे लिए आसान नहीं था। अचानक मन में आया की क्यों न मैं ही फ़ोन कर लूँ पर फ़ौरन ही ये ख्याल भी काफूर हो गया।

दो- चार दिन बीत चुके थे, उस आवाज़ को सुने हुए। दिल में आया की फ़ोन लगाऊ पर फिर ख्याल आया की इस ख्याल को तो कब का चलता कर दिया। मैंने अपना मन पढाई में वापस लगाना शुरू किया और दिल लगाकर पढ़ने लगा। कुछ समय बाद फिर घंटी बजी वही नंबर था जिससे पहले फ़ोन आया था। बिना देर लगाए मैंने फ़ोन उठा लिया और ,

" हेलो, कैसे हो ?"

"ठीक हूँ आप कैसे हो ?'

"बढ़िया , तो कैसे याद किया ?"

"बस ऐसे ही मन किया आपसे बात करने का तो फ़ोन लगा दिया

थ। क्यूंकि हमारे बाबू जी और टीचर ने ये भविष्यवाणी पहले ही कर रखी थी की ," अगर अच्छे नंबर नहीं आये तो किसी भी कॉलेज में दाखिला लगभग नामुमकिन सा हो जाता है। पढाई का बोझ ऊपर से घर वालो का दबाओ और पिताजी का हर परीक्षा में रिश्वत देने का प्रलोभन, कभी घडी, तो कभी जूते और कभी नए कपड़े। इस बार भी बाबू जी ने लोभ का नया पासा फेंका," इस बार तुम्हारे पास होने का इनाम मोबाइल होगा "।

मैंने भी सोच लिया की दिल लगा कर पढ़ना है और मोबाइल फ़ोन लेना ही है। पर इन सब उलझनों के बीच एक और

उलझन सर खाये जा रही थी और वो थी की कैसे किसी अच्छे से इंजीनियरिंग कॉलेज में दाखिला लिया जाये। इस मोर्चे में सफल होने की तैयारी भी हमने शुरू कर दी। परीक्षा हुई हमने मेहनत भी खूब की और फलस्वरूप परिणाम भी हमें मिला। हमने परीक्षा अच्छे नंबरो से पास कर ली।

प्रतिस्पर्धा का परिणाम भी आ चूका था। हम अच्छी रैंक से पास हो गए थे और शहर के जाने- माने कॉलेज में हमारा दाखिला भी हो गया था। जैसी की बाबूजी ने हमसे वादा किया था, उन्होंने पूरा किया हमें एक नया फ़ोन देकर। टच स्क्रीन था बड़ी ख़ुशी होती थी चलाने में, हो भी क्यों न ? आखिर इतनी लम्बी जंग जीतने के बाद हमें मिला था। मेहनत से कमाई गई चीज़ो की बात ही निराली होती है। हम इंजीनियरिंग के फर्स्ट ईयर के फर्स्ट सेमेस्टर में थे। हमें कॉलेज आये अभी दो ही महीने हुए थे। एक दिन हम कॉलेज से लौटे तो अचानक हमारे मोबाइल में एक अननोन नंबर से कॉल आया। यह पहली बार था जब किसी अनजान नंबर ने हमारे फ़ोन का स्पर्श किया था। क्यूंकि मैंने अपना नंबर सिर्फ जान पहचान वालो को दे रखा था। कुछ सेकंड विचार करने के बाद मैंने फ़ोन उठाया तो सकपका गया क्यूंकि उधर से जो आवाज़ आयी उसने अंदर से जैसे हिला कर रख दिया।

एक लड़की की आवाज़ जो बड़ी मासूमियत से ,
" हेलो , कौन ?"

" जी , फ़ोन आपने किया , आप बताये कौन ?"

" जी, आप बताइये न की आप कौन बोल रहे है ?"

"ओफ्फ। रहने दो "

इतना कहकर उसने फ़ोन काट दिया। मेरे अंदर एक अजीब सी उलझन और बेचैनी पनपने लगी और न जाने कितने सवाल, आखिर कौन हो सकता है? नाम भी तो नहीं बताया ?

कई बार तो खुद पे गुस्सा आया मन किया की खुद को दो चार चमाट लगाऊ क्यूंकि अगर मैंने उसे अपना नाम बताया होता तो शायद वो आगे बात करती परन्तु ये भी तो हो सकता था की वो फ़ोन काट देती ? दिमाग में बहुत कुछ चल रहा था और इन चल रही बातो में सामंजस्य बैठना मेरे लिए आसान नहीं था। अचानक मन में आया की क्यों न मैं ही फ़ोन कर लूँ पर फ़ौरन ही ये ख्याल भी काफूर हो गया।

दो- चार दिन बीत चुके थे, उस आवाज़ को सुने हुए। दिल में आया की फ़ोन लगाऊ पर फिर ख्याल आया की इस ख्याल को तो कब का चलता कर दिया। मैंने अपना मन पढाई में वापस लगाना शुरू किया और दिल लगाकर पढ़ने लगा। कुछ समय बाद फिर घंटी बजी वही नंबर था जिससे पहले फ़ोन आया था।

बिना देर लगाए मैंने फ़ोन उठा लिया और ,

" हेलो, कैसे हो ?"

"ठीक हूँ आप कैसे हो ?'

"बढ़िया , तो कैसे याद किया ?"

"बस ऐसे ही मन किया आपसे बात करने का तो फ़ोन लगा दिया

" अच्छा जी "

" हाँ जी "

"तो आपको मेरा नंबर कहाँ से मिला? "

" अच्छा , सुनो मैं बाद में फ़ोन करती हूँ और इस नम्बर पे तुम फ़ोन मत करना, मैं करूँगी। इतना कहकर उसने फ़ोन काट दिया। मैं हेलो , हेलो करता रहा पर कोई जवाब नहीं आया। एक बार फिर मैंने अपने आप को कोसना शुरू कर दिया," मुझे इस तरह की चीज़े नहीं पूछनी चाहिए थी, मैंने बेकार उसका मूड ऑफ कर दिया। पता नहीं वो मेरे बारे में क्या - क्या सोच रही होगी। हर बार मैं इसी निष्कर्ष पर पहुँचता की अब कोई बात नहीं पूछना है, सिर्फ सुनना है। पर जब - जब सोचता मन में न जाने क्यों रह रहकर उथल -पुथल होने लगती। दिल बार - बार पिताजी को धन्यवाद देना चाहता था। अगर वो नहीं होते तो शायद यह मोबाइल नहीं मिलता और मोबाइल नहीं मिलता तो फ़ोन नहीं आता और फ़ोन नहीं आता तो जीवन की इस ख़ुशी से अछूता रह जाता।

अब मेरे दिल की घबराहट कम होने लगी और बेचैनी बढ़ने लगी। कब घंटी बजेगी ? कब फिर उससे बात होगी ?। एक अलग किस्म का खुमार था लेकिन अब काफी वक़्त हो चूका

था उसका फ़ोन नहीं आया, रोज़ मोबाइल को घंटो अपने हाथो में लेकर देखता रहता पर घंटी कभी नहीं बजती। पर फिर वो पल आया जब घंटी बजी

"हेलो , कैसे हो ?"

"जी , ठीक हूँ , आप कैसे है "?

"मैं कैसा होऊंगा तुम्हारे बिना "

" ह- ह- ह (हंसी) अच्छा जी इतनी ज्यादा बेकरारी ! अच्छी बात नहीं है "

"जी , बेकरारी कहाँ ? ये तो बेचैनी है। आप से बात करने की तड़प है। जब आप सदियों में एक बार फ़ोन करती है। तो उमड़ कर बाहर आ जाती है "

" अच्छा जी , तो आप चाहते है , मैं आपको रोज़ फ़ोन करूं? "

"जी "

"ठीक है , कोशिश करूंगी "

अच्छा बाद में बात करती हूँ, बाय"

"अरे, सुनो तो "।

फिर फ़ोन रख दिया पूरी बात भी नहीं होने दी और फ़ोन काट दिया। कोई बात नहीं कल तो फ़ोन करेगी ही।

परन्तु ऐसा कुछ भी नहीं हुआ। मेरी सारी उम्मीदों पर पानी फिर गया क्यूंकि उसका कोई फ़ोन नहीं आया। मैं बहुत परेशां हुआ की ऐसा कैसे हो सकता है। वो तो अपनी बात की पक्की है। आखिर उसने फोन क्यों नहीं किया ?।

ऐसे न जाने कितने सवाल रह - रहकर मुझको परेशान कर रहे थे। और इनका जवाब ढूढ़ना मेरे लिए धीरे -धीरे मुश्किल होता जा रहा था। अब पूरा एक महीना हो चूका था और उसका कोई फ़ोन नहीं आया थ। अंतत मैंने फैसला किया की मैं ही फ़ोन करूंगा और मैंने वैसा ही किया। घंटी बजी, दिल की धड़कन भी बढ़ रही थी। न जाने क्यों बेचैनी सी हो रही थी।

" हेलो "

"हाँ.. हेलो .. कैसी हो ?"

"ठीक नहीं (मायूसी के साथ)"

"क्यों , क्या हुआ ? कोई बात ?"

"नहीं ऐसी कोई बात नहीं "

"अरे , कुछ बोलो तो , देखो तुम मुझे अपना कहती हो न "

"हम्म्म "

"तो बताओ जल्दी "

उधर से रोने की आवाज़ आती है

"अरे , तुम क्यों रो रही हो ? कुछ बोलोगी ?

कुछ बताओ भी ? क्या हुआ ?"।

"मेरी शादी हो रही है, और कल सगाई है , इसलिए अब प्लीज मुझे फ़ोन मत करना, नहीं तो मुझे अपना नंबर बंद करना पड़ेगा। "

इतना कहकर उसने फ़ोन काट दिया। मैं बिल्कुल ठगा सा कान में फ़ोन लगाए खड़ा रहा।

ऐसा लग रहा था जैसे किसी ने सब कुछ लूट लिया हो। जब थोड़ा होश आया तो फ़ोन उठाकर दूर जमीन पर फेंक दिया और उसकी धज्जिया उड़ गईं। पर अब भी उन टुकड़े हुए फ़ोन से लग रहा था की कोई कॉल आ रही है और घंटी बज रही है।

अहंकार

अरे तुझे समझ नहीं आता ? चूतिया साले ! जा , जाकर उधर बैठ। आया बड़ा हमारे पास बैठने ! जाता है या !?"

बेचारा बबलू बिना कुछ बोले उसकी बात सुनता रहा और ख़ामोशी से जाकर पीछे वाली सीट पर बैठ गया।

बबलू गांव के दलित परिवार से है और अपने घर में या यो कहे की सारे पुरखो में पहला ऐसा व्यक्ति है जिसे स्कूल जाना

नसीब हुआ।

पर किस्मत ऐसे ही सब कुछ नहीं देती। यहाँ पर गांव के बड़े जागीरदार के लड़के भी पढ़ते थे। जो बबलू को अपने साथ पढ़ता हुआ देख कुढ़ते थे।

तकलीफ उन्हें हमेश रहती की, भला वो किसी दलित के साथ बैठ कर क्यों पढ़े ?

सरकार सब सामान अधिकार की बात करती है। परन्तु अधिकार का हनन कहा, किस तरह से हो रहा है ये शायद सरकार भी नहीं जानती। कुछ ही समय में मास्टर जी भी आ गए , " गुड मॉर्निंग सर " कहकर बच्चे उनके अभिवादन में खड़े हो गए।

"सीट डाउन

हाँ, तो कल का दिया हुआ काम किस - किस ने पूरा किया है। " सबने ख़ामोशी से गर्दन झुका ली। ऐसा लग रहा था जैसे मास्टर साहब लाशो से बातें कर रहे हो।

रहा था जैसे मास्टर साहब लाशो से बातें कर रहे हो। इतने में एक लाश ने ज़िंदा होने का संकेत दिया।

"हाँ बबलू, क्या तुमने काम पूरा किया है ?"

बबलू ने "हाँ " में सर हिलाया।

"लाओ दिखाओ "

बबलू ने कॉपी मास्टर को दिखाई । "शाबाश बेटा तुम बहुत होनहार हो "।

" सीखो नालायको अगले महीने परीक्षा है और कोई मेहनत नहीं करना चाहता । देखो बबलू कितना होनहार है। "

मास्टर जी की तारीफ से जहाँ बबलू गदगद था, वही उसके सहपाठियो में आक्रोश की चिंगारी पनप चुकी थी। कुछ वक़्त बिता इम्तिहान का समय नजदीक आ चूका था। बबलू जी जान से अपनी पढाई में लगा हुआ था। हलाकि उसके पास होने का गांव के कई लोगो में डर बैठ गया था, और तरह - तरह के सवाल भी उन बुद्धिजीवियों की खोपड़ी में आने शुरू हो गए थे। अगर बबलू पास हो गया तो कल को दलितों के सारे बच्चे भी पढ़ने जायेंगे।

फिर हमारे खेतो में पानी कौन लगाएगा ? बुवाई कौन करेगा ? जुताई

कौन करेगा ? परन्तु बबलू किसी मदमस्त हाथी की तरह चला जा रहा था।

वो परिश्रम कर रहा था , उसे उम्मीद थी की इस बार उसका परिणाम सबसे बेहतर आने वाला है। और वैसा ही हुआ जैसा बबलू ने भविष्यवाणी की थी।

बबलू ने सारे जिले में टॉप किया था। हर जगह बबलू के नाम का डंका बजने लगा। अपनी जात वालो में तो बबलू बहुत बड़ा

आदमी बन गया था।

परन्तु ये ख़ुशी तो भगवान् से भी नहीं देखी गई , एक दिन उसके घर कुछ उच्च लोग आये , वो बबलू को अपने साथ ले गए, उसके पास होने का जश्न मानाने के लिए। बबलू घर से तो निकला जश्न मानाने के लिए पर फिर वापस कभी नहीं लौटा।

कुत्ता

"अच्छा , सुनो मैं नीचे जा रहा हूँ "

"हाँ।, रोटियां मेज पर रखी हुई है । किचन से आवाज़ आती है।

रमेश हाथो में रोटियां लिए हुए निचे उतरा और उतरते ही सामने खड़ी कुत्तो की बटालियन की सलामी कुबूल की जिन्होंने भो -भो कर सारा आसमान सर पे उठा रखा था।

आते ही सबने रमेश को घेर लिया और रमेश के चेहरे पर एक विजेता वाली मुस्कान ऊकर आयी।

रमेश ने रोटियों के टुकड़े किये और कुत्तो के सामने फ़ेंक दिया। रमेश रोटियों फेकता और किसी सोच में डूब जाता। वह अपने पिताजी के बारे में सोच रहा था। कैसे उसके पिताजी उसे अपने साथ बचपन में कुत्तो के बीच ले जाते और वहां उन्हें बड़े प्यार से रोटियां बाटते। इन कुत्तो से रमेश का बहुत पुराना याराना था। उसने इनके बाप ,दादा और पुरखो को देख रखा था।

बात उन दिनों की है जब रमेश पैदा भी नहीं हुआ था। उसकी सिर्फ तीन बहने थी। पिताजी बेटे की आस में मेहनत करते

परन्तु परिणाम बेटी का आता।

कई डॉक्टर को दिखाया नीम -हकीम, वैध पर पर कोई हल नहीं निकला। किसी ने पंडित को दिखाओ की बात बताई।

बस पहुंच गए पंडित के पास , पंडित ने उनकी कुंडली देखी और कहा की तुम हर रोज़ कुत्तो को रोटियां खिलाओ, तुम्हे संतान अवश्य प्राप्त होगी।

तुम्हारी कुंडली का दोष खत्म हो जायेगा।

रमेश के पिताजी ने बिलकुल वैसा हीँ किया जैसा की उसे बताया गया था। कुछ वक़्त बाद खुशखबरी आयी की उनके घर बेटा हुआ है। रमेश के

पिताजी को ऐसा लगा मानो सारा जहाँ जीत लिया हो । अब उन कुत्तो के प्रति उनकी आस्था अटूट हो गई और एक ख़ास किस्म का लगाओ भी।

अब वह और जोर शोर से कुत्तो को रोटियां डालते रमेश उनके बीच तबसे आ रहा है। वक़्त बिता रमेश के पिताजी स्वर्ग सिधार गए। परन्तु छोड़ गए वसीयत के साथ-साथ कुत्ते की रोटियां भी। अब रमेश अपने पिताजी का उत्तरदायित्व निभाने लगा और कुत्तो की सेवा करने लगा। वो कुत्ते जो कभी गली कूंचे में घूमते थे आज उसके अपने लगने लगे। उसके प्रति उनका लगाओ बढ़ता ही चला गया। रमेश तो कभी-कभी जब ऑफिस या घर की परेशानी में परेशान होता तो उन कुत्तो से बाते करना शुरू कर देता और ऐसा लगता जैसे उसने अपनी सारी परेशानिया बिना किसी बहस-मुबाहिस के ख़त्म कर ली हो। उसे उन गली के कुत्तो के बीच अब सुकून महसूस होने लगा। वक़्त बिता जो कुत्ते कभी बच्चे थे वह बड़े हो चुके थे और जो बड़े थे अब बूढ़े।

वक़्त के साथ-साथ रमेश भी अब कमज़ोर हो गया था। अब उसकी तबियत भी खराब रहने लगी थी। परन्तु तबियत चाहे कितनी भी खराब क्यों न हो ? वह उन कुत्तो के लिए रोटियां जरूर लेकर जाता था। उन्हें अपने हाथो से परोसता था। परन्तु वक़्त और हालात एक जैसे कभी नहीं रहते एक दिन सीढ़िया उतरते समय उसका पैर फिसल गया। वह निचे की तरफ आ गिरा। डॉक्टरों ने बेड रेस्ट कहा पर रमेश तो जैसे अपनी जान कुत्तो में ही छोड़ आया था।

वह कई दिनों से कुत्तो को रोटियां नहीं डाल पा रहा था। उसके नौकर अब यह काम करने लगे थे। पर रमेश की तबियत में अभी भी कोई सुधार नहीं था। दिन - प्रतिदिन वो कमज़ोर और असहाय होता जा रहा था। एक दिन रात को खिड़की के बाहर झाका, तो देखा की उसके कुत्ते झुण्ड में बड़ी ख़ामोशी से बैठे थे।

कोई भी किसी तरह का शोर नहीं कर रहा था। रमेश अभी देख ही रहा था की चक्कर खाकर बेहोश हो गया। उस बेहोशी के बाद रमेश फिर कभी नहीं उठा। जब

उसकी अर्थी जा रही थी। तो हर कोई गम में डूबा हुआ था। किसी ने अचानक महसूस किया की उनके पीछे कोई चल रहा है पलटकर देखा तो कुत्तो का एक झुण्ड बड़ी ख़ामोशी से रमेश की अर्थी के पीछे चला आ रहा था।

कैन्टीन

हर रोज़ की तरह पति शाम की सैर पर जा चुके थे। बच्चे अपनी पत्नियों के साथ कही बाहर किसी काम से चले गए थे। माँ से भी पूछा था परन्तु माँ ने मना कर दिया। इसलिए स्वयं ही चले गए। अकेली बैठी सविता देवी अपनी खिड़की के सामने उड़ रहे परिंदो को देख रही थी। न जाने क्या - क्या ख्याल मन में आते और आकर मर जाते। उन्हें पंख लगने की

इजाज़त सविता जी बिल्कुल भी नहीं देती।

पर अचानक एक ख्याल ऐसा आया जिसने चेहरे की सारी हंसी गायब कर दी । एक गहरी सोच में डाल दिया फ़ौरन ही सविता जी उठी और किसी तरह पुराने कमरे के दरवाज़े पर पहुंची , दरवाज़ा खोला और सामने रखी लोहे की पुरानी संदूक को ख़ोल के टटोलना शुरू कर दिया। उन्होंने संदूक से एक डायरी निकाली और बड़ी ख़ामोशी से उसके पन्ने पलटने लगी। हर पन्ने के साथ एक नयी दुनिया उनके चेहरे के भाव से अभिव्यक्त होने लगती। हर बार ऐसा लगता मनो ये नयी दुनिया उन्हें फिर अतीत के पन्नो में झाकने का आदेश दे रही है। उनकी उँगलियाँ कॉपी पर लिखे शब्दों पे घूम रही थी।

हर शब्द आँखों को एक नयी रोशनी देता और एक खास किस्म की चमक पैदा करता। एक ऐसी चमक जो न चाह कर भी आ जाती। उसका आज उसके अतीत की इस चमक से लड़ने के लिए तैयार रहता पर पता नहीं क्यों उसकी चमक के आगे हर बार उसके आज को पराजित होना पड़ता।

सविता देवी की उँगलियाँ अभी शब्दों पर घूम ही रही थी की अचानक एक शब्द पर आकर रुक गई। राजेश वही पुराना शब्द वही पुरानी यादें जितना भी भूलना चाहो पर दिल से जाती ही नहीं।

सविता जी , न जाने किस दुनिया में चली गई। उन्हें अपने कॉलेज की याद आ रही थी जब वह बी ए में पढ़ रही थी और

राजेश बी ए सी में। दोनों की मुलाक़ात एक बार कैंटीन में टकराने से हुई थी। नज़र से नज़र मिली और प्रेम का सफर शुरू हो गया। साथ घूमना-फिरना साथ कॉलेज आना-जाना तो जैसे रोज़ का मामूल बन गया था। रोज़ कैंटीन में घंटो बातें करना, पार्को में आना-जाना साथ वक़्त गुजारना ये सब उनके दिनचर्या का हिस्सा बन चूका था। सविता भी राजेश से उतना ही प्रेम करती थी जितना राजेश सविता से। धीरे-धीरे समय बिता और राजेश सविता का प्रेम परवान चढ़ने लगा। कॉलेज खत्म होते-होते वो दोनों सारे कॉलेज में एक आदर्श प्रेमी जोड़े की तरह स्थापित हो चुके थे। परन्तु ईश्वर ने कुछ और ही लिख रखा था। सविता के पिता ने सविता की शादी शहर के मशहूर रईस कल्पनाथ से तय कर दी थी। सविता ने बहुत विरोध किया परन्तु उसके पिता टस से मस न हुए। और होते भी क्यों हमारे समाज में औरतो के ज़िन्दगी के फैसले हमेशा से ही मर्द लेते आये है। शाम के समय सविता और राजेश जब मिले तो सविता ने आँख में आंसू लिए सब कुछ कह दिया। राजेश ने भाग चलने की बात कही पर सविता का मन न माना। शायद यह मुलाक़ात दोनों की आखिरी थी क्यूंकि उसके बाद कैंटीन में शायद ही किसी ने इतनी शिद्दत से प्यार किया हो।

आज उस वाकए को चालीस बरस बीत गए। परन्तु सविता आज भी जब पुराने कागज़ो को देखती है तो अपने आपको बीस वर्षो का महसूस करने लगती है।

सिनेमा

आज शुक्रवार है मुझे कोई भी सिनेमा देखने से नहीं रोक सकता। मैं जा रहा हूँ।

"अरे ! तुझे क्या हर टाइम शुक्रवार है शुक्रवार है लगा रहता है ,घर का काम भी कर लिया कर। तुम्हारे पापा दिन- रात इतनी मेहनत करते है, किसके लिए ? तुम्हारे लिए , और तुम पढ़ाई-लिखाई छोड़कर सिनेमा देखो बस। मेरा तो जीवन बर्बाद

हो गया तुम्हारे जैसे कपूत को जनम देके "।

समीर चुप -चाप खड़ा सुन रहा था और माँ अपना सीर पकडे अपनी किस्मत को ताने दे रही थी। आखिर करती भी क्या ? ये तो इंसान की तरबियत रही है। जब सफलता मिले तो मेहनत और जब असफलता मिले तो सारा हार का टिकरा किस्मत के हिस्से रख दो। पर समीर को अपनी माँ के रोने का ज़रा भी अफ़सोस नहीं हुआ क्यूंकि उसके लिए अब ये रोज़ का मामूल बन चूका था । माँ का रोना उस दिन जरूर होता है जब समीर सिनेमा देखने जाता है। समीर ने खुट्टी पे टंगी हुई गाड़ी की चाभी उठाई और एक फ़िल्मी गीत गाता हुआ घर से निकल गया।

समीर जो की घर का इकलौता लड़का है उसका शौक़ भी उतना ही अनोखा है , किसी ने बचपन में बोला था की तुम्हारा लड़का बहुत सुन्दर दिखता है बिलकुल हीरो की तरह। बस फिर क्या था हीरो बनने का भूत जो उसके सर पे सवार हुआ वो आज तक नहीं उतरा। बचपन में तो माँ -बाप का ज़ोर चलता था। खैर, अब समीर बड़ा हो गया है और उस पर अब माँ- बाप का ज़ोर भी नहीं चलता है। समीर तो जाने कितने समय से बम्बई जाने की ज़िद कर रहा है पर घर वालो के सामने उसे हार मानना पड़ता था।

समीर फिल्म देखकर जब वापस आया तो ,

" दिमाग सही है , कल से तू मेरे साथ दूकान पर बैठेगा बहुत हो गया तेरा बचपना। "पिताजी तपाक से बोल पड़े।

" चाहे कुछ हो जाये मैं मुंबई जाऊंगा , बस एक बार मैंने कह दिया तो बस कह दिया "।

बिना देरी किये समीर ने तुरंत अपने पिताजी की बात का जवाब दिया और बिना कोई जवाब सुने कमरे में चला गया।

पिता जी तुरंत बोले ," देखा इसलिए कहा था की ज्यादा सर पर मत बिठाओ पर तुम कहा मानने वाली थी एक लौता है जाने दो ज़िद करता है, तो ला दो सामान। यह उन्ही सब समान लाने का नतीजा है की आज अपने माँ - बाप से भी बे -अदब हो गया है ".

" अच्छा, तो अब सारी गलती मेरी है। अगर मैं कहती थी की सामान ला दो तो आप मना भी तो कर सकते थे। पर आप ने ऐसा नहीं किया और अब सारा इलज़ाम मेरे ऊपर , मैं तो हूँ ही बुरी। बच्चो के लिए करूं तो बुरी, बाप के लिए करूं तो भी बुरी , इससे बढ़िया तो भगवन मुझे ही उठा लेता "

" अच्छा , भाग्यवान मुझे माफ़ कर दो सारी गलती मेरी है " एक पराजित सिपाही की तरह समीर के पिता माफ़ी मांग रहे थे और समीर की माँ रोये जा रही थी। इधर समीर अपने मुंबई जाने के सपनो में खोया हुआ था। अचानक उसे याद आया की

उसका एक दोस्त बता रहा था की लखनऊ शहर से ट्रैन चलती है। उसने फटाफट समान बाँधा और कुछ पैसे माँ के गहने लेकर आधी रात को निकल गया। समीर ने लखनऊ स्टेशन से ट्रैन पकड़ी और मुंबई के सफर पे निकल पड़ा।

इधर सुबह होते ही उसकी खोज - बीन शुरू हो गई पर कुछ पता न चला। पुलिस से बात की पर कोरे आश्वासन के सिवा कुछ भी न मिला। माँ की तो जैसे छाती फट गई हो उसके आंसू रुकने का नाम ही नहीं ले रहे। समीर कहाँ गया कुछ भी पता नहीं चला। इधर समीर के ग़म में माँ भी चल बसी। अब घर में सिवाए बाप के और कोई नहीं था।

आज पांच साल बीत चुके है ,समीर के पिताजी ने तो उम्मीद भी छोड़ दी है। पुलिसवाले भी सिवाए आश्वासन के कुछ नहीं देते। रोज़ शाम को समीर के पिताजी टी वी चलाकर बैठ जाते , इस उम्मीद में की शायद कही उनका बेटा टी वी पर न आ रहा हो पर ऐसा कुछ भी नहीं हुआ।

टी वी पर कोई फ़िल्मी गीत चल रहा था अचानक समीर के पिताजी को हार्ट अटैक पड़ा और उन्होंने दुनिया को अलविदा कह दिया। सारे घर में मानो एक अजीब सी ख़ामोशी छा गई। कही पर कुछ भी हरकत नहीं हो रही थी , परन्तु ख़ामोशी को चीरती हुई सिनेमा का फ़िल्मी गीत अभी भी चल रहा था।

१०० रुपये

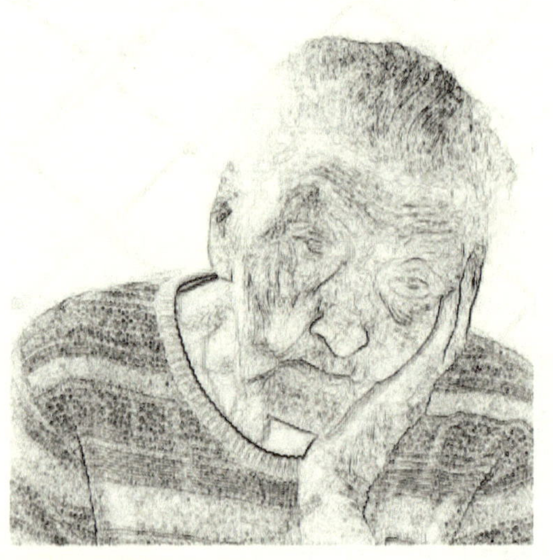

हर रोज़ की तरह हम आज भी अपने दफ्तर से निकले। मेरे एक मनमौजी दोस्त ने कहा आज तनख्वाह मिली है। क्यों न आज कुछ मजा किया जाये। मैंने कहा ," हाँ क्यों नहीं चलो पुरानी दिल्ली चलते है , मैंने सुना है वह कबाब बड़े ज़बरदस्त मिलते है। "

मेरे दोस्त ने मुझे फटकारते हुए कहा , " अम्म यार तुम भी कैसी बात करते हो ?"

अरे भाई कबाब बिरयानी तो हम रोज़ खाते है , आज कुछ और करते है। मैंने उसकी तरफ आश्चर्य चकित नेत्रों से देखा और पूछा , क्या ?

उसने एक शैतानी सी मुस्कान भरी और , "मेरे पीछे -पीछे आ जाओ " कहकर आगे बढ़ गया। मैं भी चुप -चाप एक भोले भक्त की तरह उसके पीछे चल दिया। हम मंडी हाउस से तिलक ब्रिज की तरफ रवाना हो गए। मेरा दोस्त चुपचाप मुस्कुरा रहा था और मैं पुरे रास्ते यही सोच रहा था की , आखिर ऐसा क्या है जो मुझे भी नहीं बताया जा रहा है ?" खैर हम तिलकब्रिज स्टेशन पर पहुंच गए और वहां से मेरा दोस्त आगे की तरफ बढ़ चला तो मैंने कहा ," अरे कहाँ चले स्टेशन तो ये रहा "। "अरे मज़े नहीं करेगा क्या? " मेरे दोस्त ने तुरंत जवाब दिया ।

हम तिलकब्रिज स्टेशन से पटरियां पकड़ कर जा रहे थे और झाड़ियों पे नज़र गड़ाए हुए थे। मैं अभी-भी नहीं समझ पा रहा था की हम कहाँ जा रहे है। हम पटरियों से कुछ दूर जाकर झाड़ के अंदर घुसे और मेरे दोस्त ने मुझसे जो कहा वह काफी चौकाने वाला था " आज यहाँ कोई न कोई रंडी जरूर मिल जाएगी "।"रंडी !" मैंने कहा।

" हाँ , मैं पिछले इतवार को यहाँ आया था और वो यही थी, १६ साल की होगी, पर क्या दिखती है यार ।"।

मैं अपने आप को ठगा सा महसूस कर रहा था। खैर , ओखली में सर दिया तो मूसर से क्या डरना ?

मैंने कहा "ठीक है तुम कर लेना मेरा बिलकुल भी मन नहीं है , सॉरी " हमने बहुत ढूंढा पर नहीं मिली , अंत में हम पास ही के एक पार्क में बैठे तो सामने से एक बुढ़िया दिखी जिसकी उम्र लगभग ६० वर्ष होगी , हमें लगा वो हमारी तरफ भीख मांगने के लिए आ रही है।

पर यह क्या उसने अपने हाथो से हमें इशारा किया , हम उसके पास गए तो , " करना है क्या ? " उसने बिना देर लगाए बोला। हम लोग उसकी बात सुनकर स्तब्ध रह गए। उसने फिर ज़ोर दिया , " करना है क्या ?"। मेरे दोस्त ने भी हिम्मत कर के पूछ ही लिया ," कितना लोगी और क्या -क्या करोगी ? "

"१०० रुपये लुंगी और यही झाड़ियों में करूंगी " उसने जवाब दिया।

मेरे दोस्त ने मेरी तरफ देखा और ," करेगा क्या ?"।

मैंने बिना देर लगाए "नहीं " में उत्तर दिया ।

अब मेरे दोस्त को भी कुछ ठीक नहीं लग रहा था , कुछ समय सोचने के बाद उसने उस वृद्धा को " नहीं " में उत्तर दिया।

मैं उस औरत की तरफ बिना नज़र झुकाये बस एक टक देखे जा रहा था। मुझे उसमे एक बेसहारा और मज़बूर वृद्धा नज़र आ रही थी जो चाहती तो शायद भीख मांग सकती थी पर उसने अपने शरीर को बेचना भीख मांगने से बेहतर समझा।

मैंने अपनी जेब में पड़े २०० रुपये उसके हाथो पर रख दिए और बिना कुछ बोले खमोशी से अपने दोस्त के साथ चला आया। वह हमें जाते हुए देखती रही पर कुछ भी बोल न सकी।

मास्टर साहब

"ऐ अम्मा जातु रे बहुत अबेर हो जाइ , संगीतवा मोरा रस्ता ताकत होइ । स्कूलवा में आज मास्टर साहब एक थो नवा पाठ पड़िहिया। " अम्मा अपनी १३ वर्ष की मासूम बच्ची की बात सुन रही थी , और मन ही मन मुस्का रही थी। इतने में स्नेहा ने आवाज़ दी " ऐ अम्मा जातु " और भागती हुई घर के बाहर निकल गयी। अम्मा घर के ढोरे पर खड़ी उसको ताकती रही

और ईश्वर से उसके अच्छे भविष्य की कामना करने लगी।

उसके पिता गांव के किसान थे शारीरिक रूप से कमज़ोर थे पर थे बड़े मेहनती। एक बार खेतो में काम कर रहे थे की सांप ने काट लिया उनकी वही मृत्यु हो गई। बाद में ज़मीन - जायदाद को लेकर वही घर वालो में बहस - मुबाहिस होने लगा मामला सुलझाने के लिए पंचायत बैठाई गई और पूरब का दो बीघा खेत स्नेहा के नाम लिख दिया गया। अब स्नेहा की माँ खेत भी देखती और अपनी बेटी को भी। स्नेहा की माँ गांव में बड़ी सम्मानित महिला है। उसके प्रति लोगो में बहुत आदर और सदभाव है।

स्नेहा अब बड़ी हो रही थी और उसका बचपन अब जवानी की सीढ़ियों पर दम तोड़ने लगा था। छाती पर अब उभार आने लगे थे , चेहरे पर भी अब लालिमा आ रही थी , कूल्हे भी कुछ उठ से गए थे। गोरा रंग तो उसे माँ से विरासत में मिला ही था।

जैसे -जैसे जवान होती जा रही थी लोगो की नज़र भी बढ़ती जा रही थी। पहले तो उसे ये सब बड़ा अजीब सा लगता था। पर धीरे - धीरे उसे समझ आने लगा।

उसके मास्टर साहब जो की शहर से बी ए करके आये थे। काफी अच्छे और बुद्धिमान व्यक्ति माने जाते थे। सारे गांव में उनका सम्मान था। पर मास्टर साहब की कृपा दृष्टि स्नेहा पर कुछ ज्यादा ही थी , इसलिए नहीं क्यूंकि वह पढ़ाई में बहुत

अच्छी थी बल्कि इसलिए क्यूंकि वाह मास्टर साहब की नज़र में कुछ बैठ सी गई थी। मास्टर साहब ने कई बार उसे अकेले में टूशन देने की बात कही पर हर बार वो घर जल्दी जाना है कहकर निकल जाती थी। पर एक दिन मास्टर साहब को वो मौका मिल ही गया। उन्होंने क्लास को जल्दी समाप्त कर दिया और स्नेहा को रोक लिया ये कहकर की उनका कमरा ज्यादा गन्दा हो गया है अगर वो झाड़ू मार देती तो अच्छा होता।

स्नेहा ने बिना कुछ बोले झाड़ू ली और मास्टर साहब के कमरे को बुहारने लगी। उसके कमरे में जाते ही मास्टर साहब भी उसके पीछे चल दिए और जाते ही उसे पीछे से पकड़ लिया। वह लम्बी साँसे लेने लगी और तुरंत ही बोल पड़ी ," ऐ मास्टर साहब इ का करत हुआ। तनिको लाज हाँ की न ? " इससे पहले की स्नेहा चिल्लाती मास्टर साहब ने अपना हाथ उसके मुंह पे रख दिया और उसे ज़मीन पर पटक कर बिना देरी लगाए उसका कुरता ऊपर किया और अपना हाथ उसकी नाभि पर फेरने लगे। स्नेहा बेचैन हो उठी और फिर वह सब कुछ हुआ जितना एक हस्ती -खेलती लड़की को एक गंभीर स्त्री बनाने के लिए काफी था।

स्नेहा किसी तरह अपने घर आयी और आते ही अपनी माँ को सब कुछ बता दिया उसकी बातें सुनकर तो जैसे माँ के पैरो के नीचे की ज़मीन ही खिसक गई।

पहले तो उसने सोचा की चुप हो जाना चाहिए पर अगर चुप हो गई तो फिर किसी और स्नेहा के साथ ऐसा होगा। पर अगर बोलेगी तो फिर गाँववाले क्या समझेंगे ? कल को इसकी शादी नहीं होगी ? यहाँ कौन सुननेवाला है ?

रात भर वह इन्ही बातो को सोचती रही , इतने में स्नेहा ने आवाज़ दी ," ऐ अम्मा बहुत दुखाथा रे " और रोने लगी। उसकी पीड़ा को देखकर माँ के भी आंसू निकल आये। वो चुपचाप उसका सिर सहलाती रही। और फिर अचानक उठी और खेतो में डालने वाली यूरिया ले आयी और ," हाई ला खा ला। दरदिया कम हो जाई " , उसने अपनी माँ से औषधि ली और सच में उसका दर्द कम हो गया माँ ने भी एक गोली खाई। अब उस घर में एक दम शांति थी। किसी तरह का कोई दुःख - दर्द नहीं था।

आरिफ - आरती

जून की चिलचिलाती धुप , गर्मी भी ऐसी की मनो चमड़ी से पसीना नहीं खून बेहता हो। इंसान तो इंसान पेड़ो के भी पत्ते सुख जाते थे। इतनी धुप में मोटरसाइकिल पर सवार आरिफ बड़े बाल , गोरा रंग, लम्बी कद -काठी आँखों पर काला चस्मा लगाए चला आ रहा था। वह किरोड़ी मल कॉलेज में पढ़ रही अपनी प्रेमिका आरती से मिलने जा रहा था। साहब की

मुलाक़ात अभी कुछ दो हफ्ते पहले ही हुई थी। कॉलेज फेस्ट था , जिसमे दिल्ली के कई कॉलेज की लड़के - लड़किया शामिल होने के लिए आए थे । आरिफ और आरती भी उन्ही में से एक थे। आरिफ साहब जो की बड़ी अच्छी ग़ज़ल कहते थे। वो फेस्ट में अपनी ग़ज़ल कहने आये थे। तो दूसरी तरफ आरती जो की बड़ी कमाल की नृत्यांगना थी। वो फेस्ट में अपना नृत्य दिखाने आयी थी। दोनों की मुलाक़ात वही हुई , धीरे - धीरे मुलाक़ात प्रेम के प्रस्ताव में बदल गई और प्रस्ताव प्रेम में।

अब तो मानो ऐसा लगता था जैसे वो दोनों एक दूसरे को दो हफ्तों से नहीं बल्कि सदियों से जानते हो , आरिफ दिल्ली की चावड़ी बाजार में तो आरती रमेश नगर में रहती थी। दोनों एक दूसरे से रोज़ मिलते थे , प्यार तो बहुत था पर जब बात शादी पर होती तो उनका नजरिया एक दूसरे के प्रति बदल जाता। आरती जो अभी आगे और पढ़ना चाहती थी तो वही आरिफ अमेरिका जाने के सपने देखता था। दोनों की दिशा बिलकुल ही अलग थी परन्तु प्रेम भरपूर था। इधर आरती की बढ़ती को उम्र को देख उसके माँ - बाप उसकी शादी के लिए बात चलाने लगे ।

 ये सब देख जब आरती से रहा नहीं जाता तो वो अपने माँ - बाप से लड़ बैठती इस पर उसकी माँ उसे समझाते हुए ," देख अगर तेरी शादी सही उम्र में हो जयेगी तो अच्छा रहेगा , अच्छा

लड़का मिल जायेगा पर अगर तू ऐसे ही मनमानी करेगी तो उम्र निकल जाएगी और एक बार उम्र निकल गयी फिर कोई शादी नहीं करता है। "

आरती, माँ की इन बातो से झल्ला जाती थी । उसको समझ नहीं आता की वो क्या करे। आरिफ से भी वो बात नहीं करना चाहती थी क्यूंकि उसे ऐसा लगने लगा की शायद उसकी वजह से आरिफ अपने अमेरिका जाने के सपने को मार दे और वो ये कभी होता हुआ नहीं देख सकती थी।

वक़्त बिता दिल्ली में जितनी तेज़ी से ठण्ड बढ़ रही थी उससे कही ज्यादा तेज़ी से एक समुदाय की दूसरे समुदाय के प्रति नफरत। एक दिन आरती और आरिफ कन्नौट प्लेस के किसी रेस्टोरेंट में बैठे हुए थे। तभी आरती के भाई ने उसे देख लिया और बड़ा तमाशा खड़ा कर दिया न सिर्फ रेस्टोरेंट में बल्कि घर में भी। जब घर वालो को पता चला की लड़का किसी और समुदाय का है तो पुरे घर में हाहाकार मच गया। आरती के भाई ने तो आरिफ को मारने के लिए अपनी सारी बटालियन बुला ली और वो सब चावड़ी बाजार की तरफ निकल पड़े जहाँ आरती के भाई ने आरिफ को गोलियों से भून दिया वही आरती ने भी जेहर खा कर अपनी जान दे दी। थोड़ी देर में सारी खबर पुरे दिल्ली शहर में पहुंच गई। दोनों समुदयो में झगड़ा - फसाद हो गया।

उस झगडे- फ़साद में न जाने कितने लोगो ने अपनी जान गवाई और कितनी औरतो ने अपनी इज़्ज़त। न जाने ये कैसा समुदाय और कैसी इज़्ज़त थी जिसने खून को पानी की तरह बहा दिया। अगर इश्क़ पर जोर चलता तो हीर राँझा , लैला - मजनू आज दुनिया में नहीं होते।   शायद एक दिन इसका हिसाब होगा और जब होगा तो मोहब्बत वाले हुक्मरानो से पूछेंगे की क्या हमारा प्यार तुम्हारी माँ - बेटे के प्यार से कम था या ईश्वर और उसके भक्त से?

सारिका

" हेलो , हाँ ठीक है , कोई बात नहीं टाइम मैं पूरा दूंगी बस मुझे पैसा बराबर चाहिए। पिछली बार की तरह नखरा न हो , की सारिका इस बार रख ले अगली बार पूरा ले लेना , हाँ ठीक , चल रख "।

इतना कहकर सारिका ने फ़ोन रख दिया और मालती को आवाज़ दी। " अरे मालती कहा है तू इतनी देर से आवाज़ दे

रही हूँ , जल्दी से मेरे लिए पानी गरम कर मुझे निकलना है "
मालती अपने मालिकिन के कामो से भली - भांति परिचित
थी। पर उसे इस बात का ज़रा भी पछतावा नहीं था की वो
मोहल्ले के सबसे बदनाम घर में काम करती है। क्यूंकि वो
शबनम को तबसे जानती है , जब वह कॉलेज में पढ़ा करती थी
लगभग उन्नीस -बीस बरस की रही होगी। घर की सबसे
लाड़ली बेटी थी। अपने अब्बू अच्छन मिया की तो जैसे जान
थी। किसी ज़माने में बड़े रईसों में अच्छन मियाँ गिने जाते थे
पर वक़्त और हालात ने ऐसा चक्कर चलाया की अच्छन
मियाँ का सब कुछ लूट गया। अब अच्छन मियाँ छोटी सी एक
दूकान चलाते है। पर अच्छन मियाँ आज भी अपनी कॉलोनी
में बड़े इज़्ज़तदार लोगो में गिने जाते है। उनके तीन बच्चे थे
जिसमे शबनम सबसे छोटी थी और सबकी लाड़ली भी।
उन्नीस - बीस साल की कमसिन उम्र में उसका प्रेम पड़ोस में
रह रहे कमलेश से हो गया। जो की प्राइवेट कंपनी में मैनेजर
था और कई सालो से शबनम के पड़ोस में रह रहा था।
शबनम से उसकी दोस्ती दो साल पहले हुई थी और दोस्ती धीरे
- धीरे प्यार में बदल गई। दोनों अक्सर एक दूसरे से अकेले में
मिलते और घंटो समय बिताते। एक दिन शबनम अपने
कॉलेज से जल्दी आ गई माँ ने पूछा तो " आज तबियत कुछ
नासाज़ है, सर में दर्द और जी मचला रहा है "। कुछ समय में
उलटी होने लगी। हैरान - परेशां घर वाले उसे डॉक्टर के पास ले

गए। पर डॉक्टर ने जो कहा उसे सुनकर घर वालो के पैरो के निचे से ज़मीन खिसक गई। डॉक्टर ने बताया की शबनम ३ माह से पेट से है।

घर वालो ने जब शबनम से पूछा तो उसने कमलेश का नाम लिया। घर वालो पर तो जैसे मुसीबतो का पहाड़ टूट गया हो। पर फिर भी अच्छन मियाँ ने अपना मन मार कर कमलेश को बुलाया। अच्छन मियाँ ने उसके सामने शादीं का प्रस्ताव रखा। कमलेश पहले तो हीच -किचाया पर मौके की नज़ाकत को देखते हुए हां में सर हिला दिया।

अगले दिन सुबह जब कमलेश की माँ उसके घर पहुंची तो पता चला कमलेश सुबह से ही गयाब है। घर वालो ने शबनम को समझाया की बच्चा गिरा दे पर वह तैयार नहीं हुई। अंततः उसके भाइयो ने उसे घर से निकाल दिया। कई दिन सड़को पे मारी - मारी फिरि न जाने कितने लोगो ने उसे छूने की कोशिश की होगी। आखिर में उसे सहारा एक अम्मा ने दिया जो न जाने कितने सालो से इस पेशे में थी। उसी ने शबनम का बच्चा करवाया बड़ा ही खूबसूरत बच्चा था। जिसे शबनम ने देहरादून के एक बोर्डिंग स्कूल में डाल दिया और खुद जिस्मफरोशी के दलदल में फस्ती चली गई। आज ८ साल हो गए इस किस्से को पर अब भी ऐसा लगता है जैसे कल की बात हो।

शाम के छः बज गए थ और शबनम एक ग्राहक से मिलने गयी उसे उसके दलाल ने बताया था की एक बड़ा सेठ उसके सात

रात बिताना चाहता है । शबनम उस कार की तरफ बढ़ी जैसे उस शख्स ने कार का शीशा नीचे किया तो शबनम जैसे के प्राण - पखेरू उड़ गए क्यूंकि ये शख्स और कोई नहीं बल्कि कमलेश था

दीपक अब भी जल रहा है

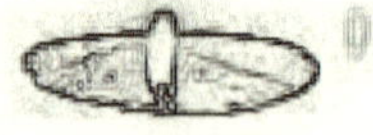

गांव के एक बड़े घर में कपड़े पीटने की आवाज़ आ रही थी।
सामने बैठी मालकिन अपनी कर्कश आवाज़ में चिल्ला रही थी
कपड़े धुलने वाली नौकरानी चुपचाप कपड़े धूल रही थी और
मालकिन की गाली को ईश्वर का आशीर्वाद समझ कर सुन रही
थी, और अपने पुराने दिनों को याद करी जाती थी। जब उसका
पति जो की उसी गांव के ज़मीदार का बड़ा बेटा था। उसके लिए
हर रोज़ नयी साड़ी तो कभी जेवर लाया करता था। कितने

सुख भरे दिन हुआ करते थे , पर ईश्वर से किसी का सुख कहाँ देखा जाता है। एक दिन घर से निकले तो कभी वापस न लौटे। उनका किसी ने क़त्ल कर दिया और क़त्ल करने वाला और कोई नहीं बल्कि उसके अपने ही सगे भाई थे। कुछ ज़मीन के टुकड़ो की लालच में एक औरत के सुहाग को विधवा बना कर छोड़ दिया। बाद में मुक़दमा चला पर पैसे वालो की गुलाम तो दुनिया है , फिर जज साहब किस खेत की मूली थे । दोनों भाई बाइज़्ज़त बरी हो गए।

अब इतना ही क्या कम था की ईश्वर ने एक और मुसीबत का पहाड़ उस अभागिन के सर पे फोड़ दिया। दोनों भाइयो ने आधी रात में उसे और उसके बच्चे को घर से बाहर फ़ेंक दिया। बेचारी कुछ समय तक तो घर के दरवाज़े पर रोती रही फिर उठकर उसी गांव की डोमों की बस्ती में चली गयी। एक डोम ने उसको अपनी एक बेकार सी पड़ी कुटिया में सहारा दिया। बेचारी वही रहने लगी और पास ही के एक घर में काम करना शुरू कर दिया। धीरे -धीरे उसका बच्चा रमेश बड़ा होने लगा किसी तरह पैसे जोड़कर उसकी माँ ने उसे स्कूल भेजना शुरू कर दिया। रमेश पढ़ाई में बहुत अच्छा था शायद उसे अपनी माँ की मेहनत और गरीबी की समझ छोटी सी उम्र में ही आ गयी थी। रात में दीपक जलाकर अपनी कुटिया में पढ़ता रहता।

वक़्त बिता रमेश ने हाई स्कूल परीक्षा पास कर ली और लखनऊ शहर में नौकरी करने लगा। वो यहाँ एक लालाजी की दूकान पर ५०० रूपया महीने पे काम करने लगा। महीने की पहली तारीख को जब पैसा आता तो कुछ वह घर भेजता और कुछ अपने पास रखता। उसका सेठ उसकी मेहनत और ईमानदारी से बेहद प्रभावित था।

एक दिन गल्ले से एक रूपया का हिसाब कम निकल रहा था। रमेश काफी परेशान हुआ उसकी समझ में नहीं आ रहा था की यह बात वह सेठ जी को किस मुँह से बताये। हलांकि उसने शाम को जब हिसाब अपने मालिक को दिखाया ," एक रुपये हिसाब में कम है आप चाहे तो मेरी तनख्वाह से काट सकते है या मुझे नौकरी से बर्खास्त कर सकते है मुझे आपके फैसले से कोई एतराज़ या शिकायत नहीं होगी। "
सेठजी उसकी ईमानदारी से इतना प्रसन्न हुए की उन्होंने अपनी इकलौती बेटी की शादी रमेश से कर दी। रमेश अब सारे कारोबार का मालिक बन चुका था।
बड़ी -बड़ी गाड़ियां नौकर -चाकर सब कुछ था। माँ भी साथ रहने लगी थी । माँ कभी - कभी अपने पुराने दिनों को याद करती और आज के लिए ईश्वर को धन्यवाद् देती। आज रमेश कई सालो बाद आपने गांव वापस आया है। गाड़ी से उतरकर वो घर की ओर बढ़ ही रहा था की उसकी नज़र एक कुटिया पे

पड़ी जिसमे दीपक जल रहा था। रमेश, कुछ वक़्त के लिए वही रुक गया और न जाने किस सोच में विलीन हो गया।

२००० रुपये

"मैं इतने पैसो में क्या - क्या खरीदूंगा । नहीं रहने दो , इस बार पुरानी ही पहन लूंगा । आपके पास पैसे रहते ही कब है ?" रवि तेज़ - तेज़ आवाज़ में बड़बड़ाये जा रहा था।

" तुम कैसी अजीब बात कर रहे हो ? अभी रक्षा-बंधन पर तुम्हे नए कपडे दिलवाये थे , अब तुम्हे दिवाली पर भी चाहिए। ये लो पैसे (रवि की माँ ने २००० रुपये रवि की हथेली पर रखते

हुए कहा) अभी तुमने दुनिया नहीं देखी है। जब २ पैसे कमाने की नौबत आएगी तब पता चलेगा। बाप के पैसे तुम्हारे लिए कुछ अहमियत नहीं रखते "

रवि अपनी ही धुन में मगन था वो कुछ सुनने को तैयार नहीं था। रवि की माँ बोले जा रही थी पर रवि ज्यादा पैसे की रट लगाए हुए था। की इतने में रवि के पिताजी, " तुम कुछ सुन भी रहे हो , तुम्हारी माँ यहाँ इतनी देर से बोले जा रही है और ज़नाब न जाने कहा खोये हुए है ? इस घर में मेरी कोई अहमियत है या नहीं ?"

"हाँ नहीं है ", इतना कहकर रवि बड़ी तेज़ी से अपने कमरे की ओर चल पड़ा और थोड़ी देर बाद कमरे से बाहर निकला गाड़ी की चाभी ली और बिना कुछ बताये घर से निकल गया। "देखा तुमने कितना बद्तमीज़ और बेशर्म हो गया है , अपने पिताजी की भी इज़्ज़त नहीं करना जानता। "

"छोड़िये अभी बच्चा है धीरे - धीरे ठीक हो जायेगा ", माँ का उत्तर आता है। रवि अमीनाबाद में कपड़े के बज़ार में गया अभी कपड़े के बज़ार में घुसा ही था की कुछ फटे - पुराने कपड़े पहने छोटे बच्चो ने रवि को आकर घेर लिया। रवि ने उन्हें देखते ही वैसी ही दुरी बनाई जैसे महीने की आखिरी तारीख को कर्ज़दार मकान मालिक से बनाता है। किसी तरह यह पड़ाव पार कर रवि वही पुरानी कपड़ो की दूकान पर पहुंचा जहाँ से वो हमेशा अपने कपड़े खरीदता था। वहा पहुंचते ही रवि ने अपनी

फरमाइश बताई " भैय्या डैमेज वाली जीन्स दिखाना"।
दुकानदार ने तुरंत सारी डैमेज वाली जीन्स निकालकर रवि के
सामने रख दी। " कौन सी पसंद है, ये वाली या ये वाली "
दुकानदार हाथ में लिए दिखाता जा रहा था। रवि ने बात
काटते हुए कहा " भैया और कोई पीस नहीं है इसमें तो कुछ भी
समझ नहीं आता "

दूकानदार ने भी दो टुक जवाब दिया ," भैय्या, फिर आप कहीं
और देख लो , हमारे पास तो यहीं पीस है। अब आप को न जाने
कौन सी चाहिए ?"

 रवि निराश भाव से उसकी दूकान से चला आया अभी कुछ दूर
ही गया होगा की उसकी नज़र एक छोटे से बच्चे पे पड़ी उम्र
कोई ४ या ५ साल रही होगी। कपड़े की दूकान के पास एक
स्टूल पर बैठा था। अपनी कोमल सी तुतलाती आवाज़ में
लोगो को बुला रहा था ," आओ बाई आओ ,दला कपले ले लो ,
आइये दीदी "। रवि उसके मूँह से शब्दों को सुन हंस पड़ता तो
कभी दया भाव दिखाता । रवि उस बच्चे पर दया खाकर उस
दूकान के अंदर चला जाता है, और दूकान में जींस दिखाने वाले
से ,

" भैय्या, ये इतना छोटा बच्चा दूकान के बाहर बैठा कपड़े बेच
रहा है , इसके माता -पिता नहीं है क्या ?' क्यों नहीं है "
दुकानदार ने तपाक से जवाब दिया

"तो ये यहाँ ऐसे क्यों " रवि का अगला प्रश्न। दुकानदार ने तुरंत उसका उत्तर उसके सामने रख दिया , " भैय्या, इसका बाप पागल हो चूका है यही किसी पागलखाने में भर्ती है । दो बहने है लोगो के घर में झाड़ू - पोछा करती है , माँ लोगो को घरो में बर्तन मॉजती है और ये बेचारा इनके दुखो में भागिदार है। पड़ोस की दूकान में काम करता था तो हमने बोला की हमारे पास आ जाना तुम्हे अच्छी तनख्वाह दे देंगे। अगले दिन ही बेचारा आ गया हमने भी उसे रख लिया २० रुपये प्रतिदिन के हिसाब पर। अब आप ही बताये जो लोग ये बोलते है की बच्चो को काम नहीं करना चाहिए। ये देश का भविष्य है। उनसे ज़रा जाकर ये पूछिए की क्या वो कभी इन यतीम और बेसहारा लोगो के घरो पे गए है ? क्या कभी उन्होंने आर्थिक सहायता दी ? नहीं दी होगी !, वो सिर्फ बातें करते है समाज में अपने आपको स्थापित करने के लिए और कुछ नहीं। "

रवि बिना कुछ समान लिए दूकान से बाहर निकला और उसने उस बच्चे के हाथ पे २००० का नोट रख दिया चुप - चाप वहां से चला आया । घर आते ही अपने पिता के गले लगकर फूट - फूटकर रोने लगा। माँ और पिताजी एक दूसरे को अचंभित नज़रो से देखे जा रहे थे।

राधा

ये कोई नयी बात नहीं थी राधा के लिए। वो हर सुबह जल्दी उठकर झाड़ू कड़का करके अपने काम पर निकल जाती थी। कभी उसे सांझ हो जाती काम से आने में तो कभी जल्दी आ जाती। राधा के तीन बच्चे है। बड़ा बेटा अभी पांच साल का है तो छोटा अभी चार और सबसे छोटी बच्ची अभी दो साल की होगी। राधा बहोत मेहनत करती है वो हर रोज़ जल्दी उठकर सारा काम खतम करके में जूता फैक्ट्री में काम करने जाती है। उसके तीनो बच्चो का ख्याल उसके पड़ोस की एक बूढी काकी रखती है। राधा एक छोटे से झोपड़े में शहर के कोने में रहती है। वो कहा से आयी कब आयी कोई नहीं जनता। है पर लोगो में एक बात बहोत प्रचलित है की राधा की शादी किसी रईस घर में हुई थी। पर उसके पति अपाहिज था, राधा ने कुछ वक़्त तो उसके साथ किसी तरह बिताया पर जब उसे दौरे पड़ने लगे तो उसके लिए उसे संभालना बड़ा मुश्किल हो गया। एक समय ऐसा भी आया जब राधा ने आत्महत्या की कोशिश की पर उसी घर के एक नौकर ने उसे बचाया। राधा और नौकर की

नजदीकियां धीरे धीरे बढ़ने लगी , दोनों एक दूसरे के करीब होते चले गए। एक दिन राधा नौकर के साथ बैठी हुई थी तो नौकर ने उसे कहा ," चलो कही भाग चलते है " राधा अचानक से ये बात सुनके हक्का बक्का हो गयी। वो सोच में पद गयी की इसका क्या जवाब दे। थोड़ी देर सोचने के बाद उसने कहा , " और जायेंगे कहा ?", यहाँ से हज़ार मिल दूर एक जगह है सोनपुर वहा। " और वहा पर हम लोग करेंगे क्या ? रहेंगे कहा ?" उसके नौकर ने बोलै सब इंतजाम हो जायेगा तुम एक बार हां तो कहो। थोड़ी देर सोचने के बाद राधा ने हां कह दिया। अगली सुबह

दोनों ने अपना सामान बंधा और वो आलीशान घर छोड़कर सोनपुर को निकल पड़े। राधा अपने आशिक की आँखों में अपना आने वाला कल देख रही थी और नए नए सपने बून रही थी। सोनपुर पहुंचने के बाद उन्होंने एक बस्ती में कमरा भाड़े पर लिया और साथ में रहने लगे राधा के प्रेमी ने किसी होटल में खानसामे का काम पकड़ लिया था। दोनों की ज़िन्दगी अच्छी चलने लगी कुछ वक़्त बिता तो राधा को पहला बच्चा हुवा वो और उसका प्रेमी बहोत खुश हुए। ऐसा लगता था मनो उनकी दुनिया ही बदल गयी हो। दोनों ने उसकं नाम रमेश रखा , रमेश ख़ूबसूरत सा दिखने वाला बच्चा था। राधा को बहोत प्रसन्नता थी।   ये प्रस्सनता तब और बढ़ गयी जब दोनों को और बचा हुवा। ये बच्चा धीरे धीरे उनके लिए खुशियों की सौगात लाया और राधा के प्रेमी जगदीप की तरक्की हुई , उसने खुद का घर खरीद लिया। राधा और उसके दोनों बच्चे बहोत खुश थे । सारी चीज़े उनके जीवन में बेहतर हो रही थी मानो कोई दुःख ही न हो उनके पास। पर सार्ष्टि की रचना करने वाला रचियता ये कैसे देख सकता था। एक दिन होटल में काम करते समय आग लग गयी और धु धु कर के सारा होटल जल गया और उसी में जगदीप की भी मत्र्यु हो गयी। राधा के तो पाव से जैसे ज़मीन खिसक गयी हो।   कुछ वक़्त लगा उसे खुद को सँभालने में मगर अब सब कुछ खतम हो गया मानो उसके लिए। राधा अपने बच्चो का मुँह देखती और

अपने अंदर चल रहे सारे ख्यालो को मार देती। जब घर में पैसो की परेशानी बढ़ने लगी तो उसने अपना मकान बेच कर शहर किनारे एक छोटे से झोपड़े में रहने लगी। एक रात वो सो रही थी की अचानक उसे एक बच्चे के रोने की आवाज़ आयी उसने दरवाज़ा खोला तो एक बहोत प्यारी बच्ची उसके घर के गेट पर थी। राधा ने इधर उधर देखा किसी को न पकार वो बच्ची को अपने घर के अंदर ले आयी। धीरे - धीरे वो बच्ची बड़ी हुवी राधा अपने तीनो बच्चो को देखर बहोत खुश होती। जूते की फैक्ट्री में करती और रात में अपने बच्चो को लोरिया सुनाती उन्हें अच्छा खाना खिलाती। धीरे - धीरे वक़्त बिता और उसके तीनो बच्चे बड़े हुए। बड़ा बेटा एक सरकारी विभाग में चपरासी लग गया तो छोटा बेटा बस कंडक्टर , राधा ने अपनी छोटी बेटी की शादी उसी शहर के एक नौजवान लड़के से कर दी। उसके बड़े बेटे के दो बच्चिया थी जो उसे दादी कह के बुलाती थी , तरो राधा को ऐसा लगता मानो उसने सारी दुनिया जीत ली हो। राधा कभी कभी जब अकेली बैठती तो जगदीप के बारे में सोचती और और अनगिनत ख्यालो में खो जाती।

आभार

मैं इस किताब के लिए अपने मित्रो , अपने परिवार के सदस्यों तथा पेंसिल अप्प पब्लिशर का धन्यवाद करता हूँ। पेंसिल अप्प ने मुझ पर जो विश्वास दिखाया और लगातार जो सहयोग दिया उसके लिए मैं उनको धन्यवाद करना चाहूंगा।